PREMIERE NUIT

D'YOUNG.

PREMIERE NUIT

D'YOUNG,

TRADUITE EN VERS FRANÇOIS

PAR M. COLARDEAU.

A AMSTERDAM,

Et se trouve à Paris,

Chez DELALAIN, Libraire, rue & à côté de la
Comédie Françoise.

M. DCC. LXX.

AVERTISSEMENT.

Un Ami de l'Auteur lui a dérobé cet essai de traduction; il ne lui a fait l'aveu de son infidélité qu'au moment où l'impression s'achevoit. L'Auteur, après un long silence, n'auroit jamais consenti à la publicité de quelques vers faits dans la seule idée de s'essayer dans un genre de poësie dont notre langue n'a aucun modèle; il n'a point eu sur-tout la prétention d'entrer en rivalité avec M. le Tourneur, dont l'ouvrage a eu un succès si général & obtenu à si juste titre. On ne s'est point fait un scrupule de s'enrichir des beautés & des expressions heureuses répandues dans sa traduction. Par une suite de la

AVERTISSEMENT.

même liberté, on a changé l'ordre & le fonds des idées, lorfque la marche du ftyle poëtique & l'harmonie du vers l'ont exigé. Si ce foible échantillon plaît au Public, peut-être l'Auteur fera-t'il encore le choix de quelques Nuits & donnera-t'il celles que le goût de fes Lecteurs paroîtra lui indiquer.

PREMIERE NUIT
D'YOUNG.

Toi, le Dieu du repos & que l'ombre environne,
Sommeil, viens m'affoupir!... hélas! il m'abandonne!
Tel qu'un ami perfide il fuit les malheureux.
Empreffé fous le dais d'un lit voluptueux,
De tout Être plaintif il évite la couche :
L'Infortuné l'appelle & fon cri l'effarouche.

L'Infortuné qui dort, dort fans tranquillité.
Après quelques momens d'un repos agité,
Je me réveille.... Heureux celui dont la paupière
Ne fe r'ouvre jamais aux feux de la lumière!
Trop heureux le Mortel qui ne s'éveille plus!
Si l'on rêve au tombeau.... ces vœux font fuperflus.

Je fommeillois.... Un fonge & de vaines images
Ont fatigué mes fens battus de mille orages.

A iij

Défefpéré, traîné de malheurs en malheurs,

Des plus cruels tourmens j'éprouvois les horreurs.

Eh! quoi? Souffrir encor des maux imaginaires!

Un foufle a diffipé ces trompeufes chimères;

Mais, après les erreurs d'un pénible fommeil,

L'affreufe Vérité m'attendoit au réveil.

Quel réveil? Qu'ai-je vu?... J'ai vu trois Maufolées,

Où des plus chers Objets les Ombres défolées

A mes yeux attendris demandent tour à tour

Les Pleurs de l'Amitié, les Larmes de l'Amour!

Le jour ne fuffit point aux peines que j'endure,

Et la nuit.... oüi la nuit.... la nuit la plus obfcure,

Alors que tout s'éteint dans fa noire épaiffeur,

Eft moins trifte que moi, moins fombre que mon cœur.

Ce fantôme voilé, que le filence mène,

Affis, en ce moment, fur fon trône d'ébene,

Du plus épais nuage enveloppe les airs

Et fon fceptre de plomb pefe fur l'Univers.

Quelle ombre impénétrable & quel calme immobile!

La nature fe tait dans fa marche tranquille!

L'oreille écoute envain!... l'œil ne voit plus!... tout dort!

Tout femble anéanti!.... rien n'eft mû.... tout eft mort!

De ce vafte repos combien l'ame eft frappée!

O des mondes détruits image anticipée!

Trifte & dernier foleil !.... jour affreux, hâte-toi !
Viens tirer le rideau.... tout eft fini pour moi !

COUPLE majeftueux, OBSCURITÉ, SILENCE,
Vous, nés avant les tems & dans le vide immenfe,
Vous, dont la paix, charmant le Mortel abbatu,
Adoucit la penfée & foutient la vertu ;
Venez, raffermiffez ma raifon qui fuccombe !
Je vous remercirai dans la nuit de la tombe.

La tombe eft votre empire, & c'eft dans le cercueil
Que l'Homme, dépofant fon fafte & fon orgueil,
Humilié, foumis au bout de fa carrière,
Acquitte le tribut que vous doit fa pouffière.

VAINES DIVINITÉS, ferez vous mon appui ?
Non, j'invoque mon Dieu ! qu'êtes-vous devant lui ?
Devant lui, dont la voix & puiffante & féconde
Pénétra du chaos l'immenfité profonde ;
Qui, du creux de l'abîme élevant l'Univers,
En globes enflammés le lança dans les airs ;
Qui, de l'antique nuit éclairciffant les voiles,
Sema fur leur azur l'or brillant des étoiles ;
Qui du foleil, enfin, allumant le flambeau,
S'annonça, pour Monarque, à ce monde nouveau.

ÊTRE SUPRÊME, inftruis mon Ame qui s'égare !
Voici l'heure paifible où les yeux de l'Avare

Veillent appefantis fur de vains monceaux d'or :
Les miens s'ouvrent fur toi.... fur toi, mon feul tréfor.
Ce n'eft que dans ton fein que je cherche un afyle :
Le filence eft moins calme & la nuit moins tranquille.
La nuit couvre, à la fois, & mon Ame & mes fens !
De tes rayons divins que les feux renaiffans
Percent le noir tiffu de ces voiles funèbres !
Fais luire ta fageffe au milieu des ténèbres !
Je voudrois, rejetant le poids de mes chagrins,
M'arracher à moi-même, à mes affreux deftins,
Dans la nuit de la mort enfoncer mes penfées.
Les fcènes de la vie, à mes yeux retracées,
Sur mes propres malheurs calmeront mes efprits.
D'utiles vérités viens remplir mes écrits !
Sois mon guide : conduis mes pas vers la fageffe !
De fes liens facrés enchaîne ma foibleffe !
Loin du mal, vers le bien pouffe ma volonté !
Grand Dieu, tu m'as puni ! tous tes coups ont porté !
J'ai bu le vafe affreux, verfé dans ta colère :
Ton fiel eft dévorant... mais, qu'il foit falutaire !

L'HEURE fonne ! on la compte.... elle n'eft déjà plus !
L'Airain n'annonce, hélas ! que des momens perdus !
Son redoutable fon m'épouvante, m'éveille
Et c'eft la voix du Tems qui frappe mon oreille !

S'il ne m'abufe point, le lugubre Métal
De mon heure dernière a donné le fignal.
C'eft elle!... où retrouver tant d'heures écoulées?
Vers leur fource lointaine elles font refoulées!
Le feul effroi me refte & l'efpoir eft banni!
Il faut mourir, finir.... quand je n'ai rien fini!
Où vais-je? Et quelle fcène à mes yeux fe déploie?
Des bords du lit funèbre, où palpite fa proie,
Aux lugubres clartés de fon pâle flambeau,
L'impitoyable Mort me montre le tombeau.
Eternité profonde, Océan fans rivage,
De ce terme fatal, c'eft toi que j'envifage!
Sur le fleuve du tems quoi! c'eft-là que je cours?
L'éternité pour l'Homme!.... il vit fi peu de jours!

AUTANT que fon auteur l'Homme eft inconcevable.
De deux êtres divers mêlange invraifemblable,
Son bizarre deftin flotte indéterminé.
Vil & grand, pauvre & riche, infini, mais borné,
Rien par fes vains tréfors, tout par fes efpérances,
De l'un & l'autre Extrême il franchit les diftances:
Il touche aux oppofés, dont il eft le milieu,
Et l'homme eft la nuance entre l'atôme & Dieu.
Noble & brillant anneau de la chaîne inégale,
Qui du néant à l'être embraffe l'intervalle,

De l'Ange & de l'Infecte il partage le fort.

Foible immortel, bleffé du glaive de la mort,

Enfant de la pouffière, héritier de la gloire,

Un Ver.... un Dieu.... dans lui tout eft contradictoire!

Qui peut s'interroger, s'obferver fans effroi?

Je pâlis, je recule.... épouvanté de moi!

Dans fes propres foyers ma penfée étrangère

Me parcourt tout entier, cherche un jour qui l'éclaire.

Au travers de mes fens mon ame veut fe voir,

Et l'être intelligent ne peut me concevoir!

Oui, l'Homme eft pour lui-même un effrayant myftère.

Au fein de la baffeffe, au fein de la misère,

Son front s'éleve au Ciel, de gloire environné.

Il eft plus fier encor qu'il n'eft infortuné!

Sur mes deftins confus ma raifon indécife

Flotte entre la terreur, la joie & la furprife.

Orgueilleux & fouffrant, je m'admire & me plains;

Et je crois & je doute, & j'efpere & je crains.

Qui peut me conferver, qui peut m'ôter la vie?

Rien, rien n'empêchera qu'elle me foit ravie;

Rien auffi, rien ne peut m'enchaîner au tombeau :

L'ame y prend fon effor vers un monde nouveau.

Non, l'immortalité n'eft point une chimère,

Sur ce grand intérêt la nature m'éclaire.

Ce Ciel éblouiſſant, ce dôme lumineux
Laiſſe échapper vers moi, du centre de ſes feux,
Un rayon précurſeur de la gloire ſuprême :
Tout la peint à mes yeux, tout... le ſommeil lui-même.
Quand ce Dieu taciturne abandonne au repos
Mes ſens appeſantis ſous de mornes Pavots,
Des fers de ſa priſon libre & débaraſſée,
Mon Ame ſuit encor le vol de la penſée.
Sur un ſol fugitif formant des pas trompeurs,
Elle foule tantôt la verdure & les fleurs.
Tantôt triſte, penſive & s'enfonçant dans l'ombre,
Elle ſuit, effrayée, un bois lugubre & ſombre.
D'un rocher, quelquefois, elle roule ſoudain ;
Ses bras enſanglantés l'y ſuſpendent envain :
Elle retombe..... un lac la reçoit dans ſa chute.
Sa peur oppoſe à l'onde une pénible lutte :
Elle ſe débat, nage &, regagnant le bord,
Sur le roc eſcarpé gravit avec effort.
Dans la courſe des vents quelquefois entraînée,
Elle s'élance & croit planer, environnée
De ces ſilphes brillans, de ces eſprits divers,
Fantômes revêtus de la Pourpre des airs.
Mais, ſoit que ſon erreur la conſole ou l'afflige,
De ces ſonges confus le bizarre preſtige

Lui dit que son instinct, son vol impérieux

L'éleve vers sa source en l'élevant aux Cieux,

Qu'aux plaines de l'Ether développant son aîle,

Elle abandonne un corps appesanti loin d'elle,

Que son être est plus noble & qu'elle ne sort pas

De la vile poussière éparse sous-mes pas.

AINSI l'ombre elle-même, à travers son nuage,

De l'immortalité me présente l'image.

Un jour pur, éternel, s'annonce dans la nuit

Le silence me parle & le Rêve m'instruit.

ON se berce, en veillant, de songes plus funestes.

A la clarté du jour, sous les voûtes célestes,

N'ai-je pas mille fois occupé mon réveil

De fantômes plus vains que les jeux du sommeil?

Insensé! je cherchois, je voulois l'impossible!

Je cherchois, dans l'orage, un calme incompatible.

Sur ce globe mouvant égarant mes desirs,

Je croyois, dans leur fuite, arrêter les plaisirs.

Quel brillant Univers habitoit ma jeunesse!

Comme il s'embellissoit au gré de mon ivresse!

A l'essain des Amours les jeux entrelacés,

Des folâtres plaisirs les groupes dispersés

De ce monde charmant ornoient les perspectives :

Mon prisme y répandoit les couleurs les plus vives.

Ébloui de l'éclat de ces rians tableaux,

Tel que le Ver, captif fous l'or de fes réfeaux,

Qui de fes propres nœuds s'embarraffe & fe lie,

Je m'entourois des fils tiffus par ma folie.

J'épaiffiffois le voile étendu fur mes yeux.

Aveuglé par mes mains, fuyant l'éclat des Cieux,

Du jour de ma raifon redoutant la lumière,

J'aimois à me rouler dans ma chaîne groffière.

Hélas! & de mes fens j'idolâtrois l'erreur!

Satisfait & trompé, je goûtois mon bonheur,

Lorfque foudain j'entens ces Timbres formidables,

Ces fons retentiffans en échos lamentables,

Ces Cloches, qui fans ceffe, aux gouffres du tombeau,

Appellent des humains le malheureux troupeau.

Je m'éveille & me vois, à mon heure fuprême,

Livide & defféché, foible & mourant moi-même.

Plaifirs, tréfors, grandeurs, tout s'eft évanoui!

J'ai perdu l'Univers dont mon Ame a joui.

Il ne lui refte, hélas! de cet immenfe empire

Qu'un Automate ufé que la mort va détruire.

Oui, les fils, qu'Arachné développe dans l'air,

Sont des cables pefans, font des chaînes de fer

Près de ces nœuds légers dont l'étreinte nous lie

Un moment au bonheur.... un moment à la vie!

TRANQUILLITÉ des Cieux, toi feule aux Immortels
Donnes le vrai bonheur & les plaifirs réels !
C'eft-là qu'ils coulent purs de leur fource facrée.
Rien n'arrête, en fon cours, leur égale durée.
Où le bonheur peut fuir, le bonheur n'eft jamais.
Au féjour fortuné de l'éternelle paix
On ne voit point monter ces vapeurs vagabondes,
Qui, des plaines de l'air defcendant fur les mondes,
Y verfent le malheur ou quelques biens fufpects.
Dans la malignité des plus fombres afpects,
Sur ce globe orageux l'influence des aftres
Jette ainfi fes poifons & d'éternels défaftres.
Quand la fatalité, moins cruelle en fes jeux,
Fait fortir, de fon urne, un hafard plus heureux,
Sa faveur éphémère eft auffi-tôt détruite.
Si d'immenfes débris le tems féme fa fuite,
Si de l'énorme faulx, que foulève fon bras,
Il moiffonne, en courant, les plus vaftes États,
Chaque heure, de fon glaive également armée,
Frappe les vains plaifirs, dont notre ame eft charmée.
Ah ! combien font flétris dans leur germe infecté !
Mon rapide bonheur fut à peine goûté !
Le monde le promet & jamais ne le donne :
La fortune le prête & toujours l'empoifonne.

Le

Le bonheur fur la terre !... En quel tems ? En quels lieux ?
La Réalité fuit... l'Ombre abufe nos yeux.
C'eft la feule vertu qui le goûte & l'épure.
Puifé dans elle-même, elle feule en eft fure.
La vertu ne veut point d'un bonheur emprunté :
Ainfi que du foleil s'écoule la clarté,
Sa joie indépendante émane de fon être.
Ah! que n'ai-je appris d'elle à pefer, à connoître
Et mes plaifirs fi faux & mes biens fi peu vrais !
Qu'elle eût, à ma vieilleffe, épargné de regrets !

IMPLACABLE Tyran, dont le pouvoir fe fonde
Sur la deftruction des empires du monde ;
O mort, qui dois un jour, fur le trône des airs,
Eteindre & dévorer l'aftre de l'Univers ;
Replonge tout, barbare, au fond des noirs abîmes !
Les mondes, leurs foleils, ce font là tes victimes !
Mais, moi, puis-je être, hélas ! digne de ton courroux ?
Pourquoi fur un atôme appefantir tes coups ?

L'ASTRE des nuits à peine, en fa courfe nocturne,
Eut arrondi trois fois fon globe taciturne,
Que, d'un trait de ta main, mon cœur déjà percé
S'en eft fenti trois fois mortellement bleffé.
C'eft envain que le tems coule & change mes heures ;
J'habite vainement de nouvelles demeures :

B

Je n'y retrouve point le plaifir, qui m'a fui.
Un divorce éternel me fépare de lui.
De mes réflexions le poifon me confume.
Il s'aigrit fur mon cœur abreuvé d'amertume.
Hélas! l'obfcurité, le filence des nuits
Redouble encor l'horreur de mes profonds ennuis!
Je m'y fens dévoré du feu de ma penfée.
Par elle, quelquefois, ma douleur careffée,
Se flattant d'y revoir les biens que j'ai perdus,
La fuit dans les détours des tems qui ne font plus :
Mais, là, d'un fer caché, fa fureur m'affaffine.
Pour ajouter encore aux maux qu'elle imagine,
De mes plaifirs paffés l'inhumaine fe fert.
Aux lieux, qu'ils habitoient, je ne vois qu'un défert,
Qu'une plage lugubre où voltigent des Ombres:
Aux rayons expirans de quelques lueurs fombres
J'y vois de mon bonheur les vains débris épars.
Tous mes reffouvenirs font armés de poignards,
Tous, & ces voluptés qui me furent fi chères,
Mon fafte éblouiffant, mes grandeurs paffagères
A mes efprits confus n'ont laiffé que l'effroi.

MAIS, quoi? dois-je me plaindre & ne plaindre que moi?
Non, non : mes triftes yeux pleurent une infortune,
Par-tout multipliée, à mille êtres commune.

Le malheur fut toujours la loi de l'Univers.

Les mortels, fous des traits, fous des poifons divers,

En ont fenti la pointe, ou bu la coupe amère:

Ils ont tous hérité des douleurs de leur mère!

Leur mère, dans fes flancs déchirés & meurtris,

Tranfmit fa deftinée à fes malheureux fils.

COMBIEN, autour de nous, mugiffent de tempêtes!

Que d'écueils fous nos pas, de fléaux fur nos têtes!

Le glaive des Guerriers, le poignard des Tyrans,

Le feu de la difcorde & celui des volcans,

La pefte infectant l'air des poifons qu'elle exhale,

Des prompts embrafemens l'étincelle fatale,

La faim, la pâle faim, qui creufe des tombeaux,

La mifere traînant fes horribles lambeaux,

Le défordre, le choc de la nature entière

Tourmentent des mortels la pénible carrière.

Là, privés du foleil, à jamais renfermés,

Sous de noirs fouterrains des fpectres animés

S'enfoncent, loin du jour, dans une Mine avare.

Là, fur le fein des mers, un defpote barbare

A la rame pefante enchaîne fes égaux:

Sans qu'un ordre plus doux fufpende leurs travaux,

De la vague orageufe ils brifent la colère

Et le feul défefpoir eft leur affreux falaire.

Ici des malheureux, vieillis dans les combats,

Épuifés, mutilés pour des Maîtres ingrats,

Vont, le long des pays défendus par leurs armes,

Mendier un pain noir, qu'ils détrempent de larmes.

Là d'éternels befoins, d'incurables douleurs,

Dans un cruel accord uniffant leurs fureurs,

A mille infortunés, preffés par l'indigence,

Ne laiffent qu'un cercueil pour derniere efpérance.

Vois-tu, fous ce parvis, cette foule de morts?

Le fein des Hôpitaux les rejette au dehors.

Entens-tu ces mourans qui demandent leur place

Et d'un lit douloureux follicitent la grace?

Que d'Hommes, mollement élevés & nourris,

Sur le feuil des palais font entendre leurs cris!

L'humiliant refus repouffé leur prière.

Riches voluptueux, courez fous la chaumière,

Et lorfque le plaifir s'émouffe fur vos fens,

Quand l'habitude éteint vos defirs languiffans,

Volez refpirer l'air de ces triftes afyles!

A la main, qui demande, ouvrez des mains faciles!

Le fpectacle touchant de tant de maux foufferts

Rendra vos goûts plus vifs & vos plaifirs plus chers.

La fenfibilité s'éveille dans les larmes.

Mais, la pitié pour vous auroit-elle des charmes?

Non, Barbares! jamais elle n'émut vos cœurs!
Jamais vos froides mains n'ont essuyé de pleurs!
Si réservé, du moins, pour un juste supplice,
Le trait de la douleur n'atteignoit que le vice :
Mais, de la vertu même il attaque les jours.
De la fatalité le malheur suit le cours.
Intempérant ou sobre, innocent ou coupable,
On ne peut éviter un mal inévitable.
Fuit-on dans les deserts, le chagrin nous y suit.
La Peur hâte la chute & la Prudence nuit.
Chaque pas, que l'on fait loin des bords de la tombe,
Nous entraîne vers elle, & qui la fuit... y tombe.
La félicité même, en couronnant nos vœux,
Ne nous donne jamais ce qu'elle offroit d'heureux.
La réalité trompe & détruit l'espérance :
Au vide, qu'on éprouve, on sent leur différence.
Dans nos jours les plus beaux que d'orages secrets?
La joie a ses dégoûts, le plaisir ses regrets.
Envain de ses faveurs la nature est prodigue :
De son cours le plus doux le calme nous fatigue.
L'Amour a des fureurs, l'amitié des soupçons.
L'œil jaloux voit par-tout de lâches trahisons.
Nul bien qui n'offre un doute, & nul mal qu'on ne croie.
Le cœur, le plus heureux, empoisonne sa joie.

Hélas! fans accidens que de calamités!

Sans guerre & fans rivaux combien d'hoftilités!

Eh! qui peut des mortels calculer les alarmes?

Mes yeux, pour tant de maux, n'ont point affez de larmes.

Que d'horreurs fur ce globe & que d'affreux climats!

Que fa fécondité s'étend peu fous nos pas!

Pour quelques champs heureux, quelques vallons fertiles

Combien de fol inculte & de plages ftériles!

Là, le fauvage afpect des plus fombres forêts;

Ici, l'impur limon, la fange des marais:

Là des fables brûlans, ici des mers glacées.

Là vers un Ciel obfcur des roches élancées.

Plus loin, dans les déferts, les reptiles affreux,

Des monftres, des poifons & la mort avec eux.

Ce tableau de la terre eft celui de la vie.

Et l'homme, en ce féjour, fe croit digne d'envie!

Royaume miférable, où tout bleffe l'orgueil,

Où le trône s'écroule & fond dans un cercueil,

Où le plaifir eft froid, où la peine eft cuifante,

Où le chagrin dévore, où le repos tourmente,

Où de nos paffions le reflux orageux

Emporte, loin de nous, & nos cœurs & nos vœux,

Où la mort, fous nos pas, ouvrant fes noirs abîmes,

Menace, à chaque inftant, d'engloutir fes victimes.

O Lune, astre inégal, triste flambeau des nuits,

Ton globe est moins changeant que le globe où je suis!

Mais, que vois-je? Il pâlit! il lance un jour horrible!

Témoin de mes malheurs, y serois-tu sensible!

    Me plaindre!... & le vieillard implore mon appui!

Et l'enfant jette un cri qui m'appelle vers lui!

Ah! volons! dans mes bras accueillons leur foiblesse!

L'humanité me parle & pour eux m'intéresse.

La nature nous fit un cœur compatissant.

Lé cruel, qui ne plaint que les maux qu'il ressent,

Mérite que leur poids sur lui s'appesantisse :

Mais, des peines d'autrui partager le supplice,

Mais, les souffrir soi-même & leur donner des pleurs,

Cette pitié sublime ennoblit nos douleurs.

Que dis-je? On se console en pleurant sur les autres :

Les maux, que nous plaignons, adoucissent les nôtres.

O vous, vous, mes égaux, vous, malheureux humains,

Vous, qu'un destin semblable unit à mes destins,

Si, dans un cœur sensible, il est pour vous des charmes,

Montrez-moi vos douleurs & comptez sur mes larmes!

    Si l'homme, d'un seul pas, entroit dans l'avenir,

Qu'il verroit de grandeurs au moment de finir!

Que de biens fugitifs! que de chutes prochaines!

Que l'on auroit pitié des fortunes humaines!

LORENZO, la fortune est prodigue pour toi.
En recevant ses dons, tremble & pâlis d'effroi !
Son sourire perfide annonce des disgraces :
Ses trompeuses faveurs sont autant de menaces.
Ah ! crains de t'assoupir aux accens de sa voix !
Crains l'or empoisonné de la coupe où tu bois !
Veille, prudent Pilote, & n'attends pas l'orage !
Le calme le plus doux est voisin du naufrage.
Crois-moi ; le Ciel t'éprouve & ne t'a rien donné.
Crains, dans un sort heureux, un sort infortuné !
Va, je ne me fais point une barbare joie
De dissiper l'ivresse où ta raison se noie.
Tu le penses peut-être, & l'orgueil de ton cœur
Sollicite de moi l'aveu de ton bonheur.
Mais, ta félicité n'a rien qui m'en impose.
Je vois le précipice où ta langueur repose.
Sur ses bords émaillés mollement endormi,
Tu rêves des plaisirs... dont frémit ton Ami.
Pardonne à ma pitié ce langage sévère !
Sçais-tu que le bonheur est un prêt usuraire,
Que l'infortune, un jour, viendra dans ton palais
Exiger durement le prix de ses délais ;
Que l'homme heureux contracte & s'engage avec elle,
Qu'on acquite bientôt cette dette cruelle,

Et que l'adverſité, s'armant de fouets vengeurs,
A nos plaiſirs paſſés meſure nos douleurs?
Ah! d'une folle joie évite l'imprudence!
Il faut, pour mieux jouir, borner la jouiſſance.
Dans des tranſports trop vifs le bonheur ſe détruit:
Le déſeſpoir nous reſte & l'illuſion fuit.
Tels que ces faux Amis, dont la vaine tendreſſe,
Sans motif & ſans choix, perſécute ou careſſe,
Nos volages plaiſirs ſe tournent contre nous.
L'amertume ſuccède au nectar le plus doux.
Non, point de volupté que le tems ne corrompe.
LORENZO, je l'ai dit; crains le bonheur!... il trompe.
 CHER PHILANDRE, avec toi j'ai vu le mien périr.
Sous le ſouffle mortel de ton dernier ſoupir,
J'ai vu ſe diſſiper ce foible météore.
J'ai perdu tous mes biens.... ta tombe les dévore.
L'Univers, à mes yeux flétri, déſenchanté,
Ne m'offre plus l'éclat, qu'il t'avoit emprunté.
Ce charme qu'un ami répand ſur la nature,
Ces fantômes brillans, cette riche parure,
Tout ce qui me fut cher, tout s'eſt anéanti.
Vil rebut des humains, ſous l'âge appeſanti,
Jeté dans un deſert & perdu dans le vide,
J'arroſe de mes pleurs le ſol le plus aride.

Tout s'éteint, tout s'efface & l'Enchanteur est mort.
O misere de l'homme! ô déplorable sort!
Quoi! mon Ami n'est plus qu'une cendre glacée,
Sous un marbre lugubre, immobile & pressée!
PHILANDRE, tu touchois au terme de tes vœux :
Tu prenois, vers la gloire, un vol impétueux.
Jeune triomphateur, des mains de l'immortelle
Déjà tu recevois la palme la plus belle;
Tu montois sur son char d'un air calme & serein :
Mais, un monstre perfide & caché dans ton sein,
La mort, l'affreuse mort, se glissant en silence,
Riant de tes projets, de ta folle espérance,
A l'heure du triomphe, au moment de l'orgueil,
Sous un froid mausolée enferma ton cercueil.

L'HOMME ne prévoit rien : à peine il conjecture.
Sans guide & sans lumière, il marche à l'aventure.
Ses vains pressentimens ne font que des erreurs.
Combien de fois son Rire expira dans les pleurs!
Hélas! que notre vue est foible & limitée!
Par un sombre rideau toujours interceptée,
Au-delà du présent elle ne va jamais :
Le moment, qui doit suivre, est sous un voile épais,
Et l'aiguille du tems, des heures entourée,
Ne nous donne à la fois qu'un point de leur durée.

On ne peut ni hâter, ni devancer leur cours.

Avant qu'elle se mêle au nombre de nos jours,

Le fort veut que chaque heure & jure & lui réponde

De garder ses secrets dans une nuit profonde :

Hélas ! & dans ce doute, où flotte l'avenir,

L'Éternité peut naître & le Tems peut finir !

De la fatalité telle est la loi suprême :

Ce qui doit être un jour peut être à l'instant même.

A la mort, au destin les momens sont égaux.

La sécurité trompe & tout espoir est faux.

De l'Homme, cependant, l'orgueilleuse chimère

Nourrit du lendemain l'attente mensongère.

Ce lendemain fatal le conduit au tombeau.

Lui-même de ses jours croit tourner le fuseau :

Il en étend le fil, il en grossit la trame.

Dans les illusions de l'espoir, qui l'enflamme,

Sur un sable mobile il éleve, il construit.

Il projette le jour.... il expire la nuit.

Ah ! PHILANDRE étoit loin de commander sa tombe !

L'ERREUR la plus grossiere, où l'humanité tombe,

Est que, jeune ou mourant, l'Homme soit convaincu

Qu'il commence de vivre, & qu'il n'a point vécu.

Il se croit, chaque jour, au jour qui l'a vu naître.

Au sein de l'avenir il rejette son être;

La fageffe l'attend dans un âge plus mûr.

Tranquille, il applaudit à ce fage futur ;

Et l'Homme du moment, plein de cette efpérance,

D'un projet de vertu s'enorgueillit d'avance.

C'eft ainfi que le tems échappe de nos mains.

Nous perdons des jours fûrs pour des jours incertains.

Déjà dans fon Été, l'Homme à peine foupçonne

L'imprudente conduite, où fon goût l'abandonne.

D'un âge moins fougueux il prévoit la faifon ;

Plus calme, il fe promet d'écouter fa raifon :

Mais, l'Automne s'écoule & rien ne s'exécute.

La peur le détermine au moment de fa chute ;

Dans l'hiver de fa vie il tente un foible effort :

L'habitude réfifte.... il balance.... il eft mort !

LA Mort !... tout nous en offre & l'image & l'idée :

Mais, combien peu notre ame en eft intimidée !

Prés de nous porte-t-elle un coup inattendu,

Il étonne, un moment, notre orgueil éperdu.

Quoique de nos Amis la foule difparoiffe,

Quoiqu'ils meurent du trait dont la pointe nous bleffe,

La cicatrice eft prompte & fe ferme foudain.

Sous un Ciel menaçant l'orage gronde envain :

L'épouvante finit quand la foudre eft éteinte,

Et l'oubli du danger fuit un inftant de crainte.

Hélas! on fe rendort dans un calme nouveau!

La trace de la fléche & du vol de l'oifeau

Dans le vague des airs eft moins vîte effacée

Que ne l'eft de la Mort l'importune penfée.

Des antres du trépas les fombres profondeurs

Ont à peine reçu les objets de nos pleurs,

Que leur trifte mémoire y refte enfevelie.

PHILANDRE! ah! malheureux! qui? moi, que je t'oublie!

Mânes chers & facrés, ô mon Ami, jamais!

Rien; non, rien dans mon cœur n'effacera tes traits.

Ce cœur, plein d'amertume, eft plein de ton idée.

Crois-moi, l'aube du jour fût-elle retardée,

Dans fon cours le plus lent, la plus longue des nuits

Ne pourroit épuifer l'excès de mes ennuis;

Et le cri matinal du Chantre de l'aurore

Aux cris de ma douleur fe mêleroit encore.

DÉJA fa voix perçante annonce le foleil!

Pourquoi, fatal oifeau, preffes-tu ton réveil?

Ah! les infortunés frémiffent de t'entendre!

O toi, toi, dont le chant eft un foupir fi tendre,

PHILOMELE, pourfuis tes accords douloureux!

Comme toi déchiré, comme toi malheureux,

Je me plais à gémir, à foupirer dans l'ombre,

Tous deux environnés du voile le plus fombre;

Nous pouffons nos regrets vers la voûte des Cieux.

La nature, écoutant tes fons harmonieux,

Semble de tes douleurs plaindre la violence,

Et les Aftres émus fe roulent en filence :

Mais, hélas! à mes cris les Aftres, l'Univers,

Tout eft fourd, & ma voix fatigue envain les airs!

Cependant, PHILOMELE, autrefois le génie

De tes plus doux accens furpaffa l'harmonie.

Des efprits immortels, élevant leur effor,

Enfantèrent des fons, qui nous charment encor.

Pour diftraire un moment ma pénible penfée,

Pour foulever le poids de mon ame oppreffée,

Dans un calme profond, ifolé, loin du bruit,

Sombre & m'enveloppant du manteau de la nuit,

De ces Chantres fameux j'imite le délire ;

Entre mes doigts glacés j'ofe prendre leur lyre :

Mais, combien ma foibleffe énerve fes accords!

O vous, qui m'infpirez vos fublimes tranfports,

Audacieux Milton, & toi, divin Homère,

Vous chantiez entourés d'une ombre involontaire :

Moi, dans celle des nuits je m'enfonce par choix.

Embrâfé de vos feux, que n'ai-je votre voix!

Pope, le Dieu des vers, l'amour de ma Patrie,

Peignit l'homme mourant fous le poids de la vie.

Dans un plus noble eſſor je le chante immortel.

M'élançant de la Terre au ſéjour éternel,

J'abandonne ce globe, arroſé de mes larmes.

Pour un être ſouffrant peut-il avoir des charmes?

L'eſpoir du Malheureux eſt l'Immortalité.

Dans le cercle du Tems loin de s'être arrêté,

Si Pope de ſon vol eût pourſuivi la trace

Et porté juſqu'au Ciel ſa généreuſe audace,

Au-devant de ſes pas, à ſes yeux ſatisfaits

L'Éternité brillante eût ouvert ſon Palais.

Moins timide que moi, franchiſſant la barrière,

Entraîné dans des flots d'azur & de lumière,

Il eût décrit l'Olimpe où l'Homme eſt appelé:

Conſolateur du monde, il auroit conſolé!